Raymond Plante

Le grand rôle de Marilou Polaire

Illustrations
de Marie-Claude Favreau

la courte échelle
Les éditions de la courte échelle inc.

Les éditions de la courte échelle inc.
5243, boul. Saint-Laurent
Montréal (Québec) H2T 1S4

Conception graphique:
Derome design inc.

Révision des textes:
Pierre Phaneuf

Dépôt légal, 2e trimestre 1997
Bibliothèque nationale du Québec

La courte échelle est inscrite au programme de subvention globale du
Conseil des Arts du Canada et bénéficie de l'appui de la SODEC.

Données de catalogage avant publication (Canada)

Plante, Raymond

    Le grand rôle de Marilou Polaire

    (Premier Roman; PR58)

    ISBN: 2-89021-288-2

    I. Favreau, Marie-Claude. II. Titre. III. Collection.

PS8581.L33G72 1997   jC843'.54   C96-941484-6
PS9581.L33G72 1997
PZ23.P52Gr 1997

Raymond Plante

Écrivain et scénariste, Raymond Plante écrit énormément, et surtout pour les jeunes. Auteur de plus d'une vingtaine de livres, il a aussi participé à l'écriture de nombreuses émissions de télévision. Son travail a été récompensé à plusieurs reprises, dont huit fois pour ses oeuvres littéraires. Entre autres, il a reçu le prix de l'ACELF 1988 pour *Le roi de rien*, publié dans la collection Roman Jeunesse. En 1986, on lui a remis le prix du Conseil des Arts et, en 1988, le prix des Livromaniaques de Communication-Jeunesse pour *Le dernier des raisins*. Quant à son roman *L'étoile a pleuré rouge*, il a remporté le prix Brive/ Montréal du livre pour adolescents 1994 et le prix M. Christie 1995.

Auteur prolifique et amoureux des mots, Raymond Plante enseigne la littérature à l'UQAM et donne des ateliers d'écriture. *Le grand rôle de Marilou Polaire* est le cinquième roman qu'il publie à la courte échelle.

Marie-Claude Favreau

Née à Montréal, Marie-Claude Favreau a étudié en arts plastiques, puis en traduction. Pendant quelques années, elle a été rédactrice adjointe des magazines *Hibou* et *Coulicou*, avant de revenir à ses premières amours, l'illustration. Depuis, elle collabore régulièrement au magazine *Coulicou*. À la courte échelle, elle a illustré l'album *Un monsieur nommé Piquet qui adorait les animaux*, publié dans la série Il était une fois. Mais, même quand elle travaille beaucoup, Marie-Claude trouve toujours le temps de dessiner, pour ses deux enfants, des vaches et d'indestructibles vaisseaux intergalactiques qui vont mille fois plus vite que la lumière.

Le grand rôle de Marilou Polaire est le troisième roman qu'elle illustre à la courte échelle.

Du même auteur, à la courte échelle

Collection Premier Roman

Véloville

Série Marilou Polaire
Les manigances de Marilou Polaire

Collection Roman Jeunesse

Le roi de rien
Caméra, cinéma, tralala

Raymond Plante

Le grand rôle de Marilou Polaire

Illustrations
de Marie-Claude Favreau

la courte échelle

Cette aventure de Marilou Polaire a été écrite pour saluer M. Jean de La Fontaine. Il est l'auteur de la fable dont on parle dans ce récit. Nous la retranscrivons ci-dessous.

La Cigale et la Fourmi

La Cigale, ayant chanté
Tout l'été,
Se trouva fort dépourvue
Quand la bise fut venue:
Pas un seul petit morceau
De mouche ou de vermisseau.
Elle alla crier famine
Chez la Fourmi sa voisine,
La priant de lui prêter
Quelque grain pour subsister
Jusqu'à la saison nouvelle.
«Je vous paierai, lui dit-elle,
Avant l'août, foi d'animal,

Intérêt et principal.»
La Fourmi n'est pas prêteuse:
C'est là son moindre défaut.
«Que faisiez-vous au temps
chaud?
Dit-elle à cette emprunteuse.
— Nuit et jour à tout venant
Je chantais, ne vous déplaise.
— Vous chantiez? j'en suis fort
aise:
Eh bien! dansez maintenant.»

1
Le bonhomme
La Fontaine

Manon Lasource est tellement belle qu'elle aurait pu être élue Miss Monde ou Miss N'importe quoi.

Avec ses cheveux noirs, sa peau café au lait et son sourire, elle serait facilement devenue actrice de cinéma. Mais elle aime les enfants. Les enfants et les mots.

C'est pour cela qu'elle ne rate jamais l'occasion de raconter une histoire. Les belles, les grosses, les drôles, les tristes, les horribles et les tendres histoires. Quand elle en lit une, le

silence entre dans la classe.

Ce matin-là, avant de commencer un récit, Manon Lasource demande à ses élèves:

— Connaissez-vous La Fontaine?

Pour Ti-Tom Bérubé, une question ressemble souvent au signal de départ d'une course. Alors, il s'empresse de répondre:

— C'est un joueur de hockey.

Aussitôt, Boris Pataud secoue la tête.

— Pas du tout. C'est un grand parc, à Montréal.

Zaza Carboni n'est pas d'accord.

— Une fontaine, c'est de l'eau qui jaillit de la terre.

Jojo, sa soeur, propose immédiatement d'en dessiner une au tableau.

— Vous avez tous un peu raison, dit Manon. Mais je veux surtout parler d'un auteur. Jean de La Fontaine était un fabuliste. Il écrivait des fables, qui sont des contes très courts mettant en vedette des animaux.

— Je le savais, moi.

Toutes les têtes se tournent vers Marilou Polaire. Elle sourit de leur étonnement.

— Bien quoi! Mon père a appris toutes ses fables par coeur, quand il était jeune. C'est La Fontaine qui a écrit «Le Cigare et la Fourmi».

Instantanément, les enfants de la classe s'écrient:

— *La Cigale et la Fourmi*!!!

Marilou rougit un peu.

— C'est ce que je voulais dire.

— Il a aussi écrit «Le Lièvre et la Tordue», poursuit Boris en faisant le drôle. Et la tordue, c'est toi, Marilou.

— *Le Lièvre et la Tortue*, reprend la petite fille, qui a une envie folle de tirer les oreilles de Boris.

Comme d'habitude quand elle organise un tirage, Manon Lasource sort son haut-de-forme de l'armoire:

— Ce chapeau contient des bouts de papier sur lesquels j'ai inscrit les titres de plusieurs fables. Il y a *Le Corbeau et le Renard*, *Le Lièvre et la Tortue*, *Le Loup et le Chien*, *La Grenouille qui se veut faire aussi grosse que le Boeuf*... et *La Cigale et la Fourmi*.

— C'est une vraie ménagerie, dit Boris.

— Il n'y a pas d'ours polaire? demande Marilou.

— Non, les ours polaires n'étaient pas tellement connus au dix-septième siècle, répond Manon. La Fontaine aurait certainement pu ouvrir un jardin

zoologique, mais il préférait écrire.

Elle poursuit en expliquant que les élèves vont se diviser en équipes. Chaque groupe tirera au hasard un titre dans le grand chapeau. Ensuite, il faudra imaginer une courte pièce de théâtre à partir du récit.

Les soeurs Carboni, Ti-Tom Bérubé et Boris Pataud décident

de former une équipe avec Marilou Polaire. C'est elle qui plonge la main dans le haut-de-forme.

Devant ses camarades, elle lit le bout de papier. Évidemment, elle est tombée sur «Le Cigare...» pardon! *La Cigale et la Fourmi.*

2
Chacun son rôle!

— La Cigale, ayant chanté tout l'été, se trouva fort dépourvue quand la bise fut venue...

Marilou lit attentivement la fable.

— ...Pas un seul petit morceau de mouche ou de vermisseau...

En terminant, elle demande:

— Quel rôle voulez-vous jouer?

Les soeurs Carboni insistent pour fabriquer les décors.

— C'est aussi un rôle, souligne Jojo.

Elle a raison, puisque le décor

qu'elles imaginent déjà bougera comme s'il était vivant.

— Bien oui, renchérit Zaza. Il y a des changements de saison. La cigale chante en été et elle a froid en hiver.

— Et qui sera la fourmi? questionne Boris.

— Ti-Tom! propose aussitôt Marilou.

— Moi? rouspète le sportif. Je ne suis pas un bon acteur. J'aimerais mieux ne pas jouer du tout.

— Voyons, dit Marilou, tu seras la fourmi idéale.

— Je suis trop costaud. Vous le savez bien, une fourmi, c'est petit.

Marilou Polaire a alors une idée. Elle pourrait bien convaincre ce Ti-Tom Bérubé, qui ne pense qu'à ses muscles.

— Une fourmi, c'est peut-être minuscule, mais c'est un insecte très très fort.

Le garçon ouvre un oeil intéressé:

— Ah oui?

— Un des plus forts. As-tu déjà vu une fourmi transporter une sauterelle plus grosse

qu'elle? Il faut de la force pour faire ça.

— D'accord, je suis la fourmi. Qu'est-ce que je dois soulever? demande Ti-Tom en tâtant ses biceps.

— Tu vas traîner des sacs-poubelles. Tu vas fouiller un peu partout sur la scène et mettre des déchets dans de grands sacs.

— Depuis quand la fourmi est-elle éboueuse? conteste Boris.

— Ce sont ses provisions, poursuit Marilou. Crois-tu que la fourmi va faire son marché et qu'elle mange du spaghetti? Non, elle préfère les ordures et elle en ramasse d'énormes quantités.

— Youpi! s'écrie Ti-Tom, heureux que sa force soit encore reconnue.

Boris Pataud n'est cependant pas content du tout. Il regarde Marilou en faisant la moue.

— Et je suppose que la cigale, ce sera toi?

— Bien sûr, répond Marilou. Je sais chanter...

— Pas très bien, ajoute Boris.

— Pas très bien, c'est vrai.

Mais pour danser, je suis la meil-
leure.

Elle a raison. Boris le sait
bien. Lui, quand il danse, il a les

deux pieds dans la même bottine. Un vrai pingouin. Mais il veut un rôle, lui aussi.

— Toi, lui dit Marilou, tu vas faire le narrateur.

Boris hésite.

— Je n'ai pas une tête de narrateur.

— À quoi ça ressemble, un narrateur? demandent les soeurs Carboni, intriguées.

— À Boris. C'est lui qui va raconter *La Cigale et la Fourmi* aux spectateurs.

— C'est ça, boude Boris. Vous allez être déguisés, alors que moi, tout le monde va me reconnaître. Ce n'est pas juste. L'histoire, on pourrait l'enregistrer ensemble, avec un fond musical, comme sur les disques.

— Tu porteras une perruque,

conclut Marilou. Tu diras: «Bonjour, je suis La Fontaine.» Et tu arroseras le directeur d'un gros jet d'eau.

Toute l'équipe rit, sauf Boris. Il y a des moments où il trouve que Marilou a réponse à tout. Et puis, il n'oserait jamais faire ça au directeur de l'école: M. Poisson n'aime pas l'eau.

3
La guitare mexicaine

Ce soir-là, en entrant chez lui, Marlot Polaire a la surprise de sa vie. Il entend un accord de guitare très faux. Puis une voix s'élève, semblable au grincement d'une poulie.

Marlot se précipite vers la cuisine. Ce bruit strident a quelque chose de la voix de Marilou. Il ne se trompe pas.

Il aperçoit sa fille montée sur le petit escabeau de la cuisine. Elle hurle une chanson mexicaine en plaquant des accords complètement farfelus.

— Qu'est-ce que tu fais là?

demande Marlot. Tu t'es pincé un doigt?

— Mais non, Papou. Pourquoi me demandes-tu ça?

— Bien... ton cri, Marilou. On dirait que tu t'es blessée.

— Je chante.

Marlot reste très étonné, les cheveux légèrement hérissés. Sa fille poursuit:

— J'ai emprunté ta vieille guitare. Est-ce que tu es d'accord?

— Moi, oui, répond Marlot avec un sourire. Mais ma guitare, elle, ne semble pas d'accord du tout. Elle est complètement désaccordée. Et puis, il lui manque une corde. Si tu veux apprendre à en jouer, il faudrait...

Marilou secoue la tête.

— Pourquoi est-ce que j'apprendrais à jouer de la guitare? Je veux seulement chanter.

Marlot ne comprend pas trop ce raisonnement.

— Chanter? Mais si la guitare était accordée, tu chanterais peut-être mieux.

Marilou descend du petit escabeau et dépose l'instrument, qui émet un son creux. On dirait un soupir de soulagement.

— Tu as raison pour la guitare, dit-elle. Je vais m'accompagner avec des maracas.

En moins de temps qu'il n'en faut pour crier «Olé!», Marilou secoue deux maracas. Elle torture sa chanson mexicaine.

Marlot n'ose pas se boucher les oreilles, mais ce n'est pas l'envie qui lui manque.

Soudainement, le robot ménager tourne à toute vitesse. Marlot n'y comprend rien. L'appareil s'est-il mis en route tout seul, ou est-ce lui qui a tourné le bouton?

Marilou s'arrête.

— Tu crois que je devrais suivre des cours, hein?

Marlot fait oui de la tête. Marilou sourit.

— Mais tu connais quelqu'un

qui donne des leçons de maracas, toi?

— Non, réplique Marlot. Tu
devrais apprendre le chant. Je
suis certain que les maracas, ça
viendra tout seul.

4
Le chant de la cigale

La mère des soeurs Carboni aurait pu devenir une cantatrice célèbre. Elle s'appelle Carmina Carboni. Et elle est une chanteuse rock, elle fait partie des Carbonix.

Dans la maison, il y a beaucoup d'affiches du groupe.

Marilou arrive chez Jojo et Zaza pour essayer son costume de cigale. Elle entend les vocalises de Carmina:

— Do... mi... sol... do... sol... mi... do.

Par un coup de chance inouïe, Carmina n'est pas en tournée.

D'habitude, quand elle s'installe au piano et fait ses gammes, Marilou souhaite rentrer sous terre. Elle voudrait devenir une véritable fourmi.

Mais ce jour-là, comme elle désire être cigale, la petite fille s'approche du grand piano.

Carmina l'aperçoit du coin de l'oeil.

— Veux-tu chanter avec moi, petite noix?

— Pourquoi pas! lance Marilou. Mais je chante comme un rossignol enroué.

— C'est ce qu'on va voir! Répète après moi: mi mi mi mi!

Marilou émet une série de mi, mais les mi ne sont pas ses amis. Pas plus que les sol ou les ré, d'ailleurs.

— Tu te trompes, petite noix,

dit Carmina Carboni. Tu ne chantes pas comme un rossignol enroué, tu sonnes comme un aspirateur défectueux.

— Ah bon, murmure Marilou, décontenancée.

— Mais ça se corrige, poursuit l'artiste. Chante avec moi.

En quelques secondes, des do, sol, si, fa, ré envahissent la pièce. Ils sont accompagnés d'une foule d'autres sons plus ou moins précis, des inventions de Marilou.

Au début, ce n'est pas très joli. Mais à la longue, les notes entrent dans les oreilles de la cigale. Et sa voix s'améliore. Elle ressemble de moins en moins à un aspirateur défectueux. Bientôt, ses trémolos se modifient.

Avec l'aide des soeurs Carboni, Marilou enfile son costume et se transforme en véritable cigale.

Pendant ce temps, Carmina lui explique que la vie d'une chanteuse n'est pas facile. Il faut composer, trouver des idées originales, des rythmes nouveaux.

— Et les gens, termine-t-elle, ne respectent pas toujours le travail des artistes. Certains vous écoutent même avec un air grognon. Pour plusieurs, une chanson, ça ne vaut pas plus que de la crotte de chien.

— Ça vaut combien, une chanson? demande Marilou.

Jojo et Zaza, qui ont bien appris leur leçon, s'écrient en choeur:

— Une chanson, ça met de la couleur dans la vie. C'est tout mais c'est beaucoup!

5
Les pieds gelés

— Vraiment, mon pou, tu t'es améliorée!

Marlot semble très sérieux. Marilou est aussi rouge qu'une cerise mûre.

Elle a simplement chanté une chanson qu'elle connaissait depuis longtemps:

— Il mouille, il mouille,
C'est la faute à la grenouille.
Il pleut, il pleut,
C'est la faute aux amoureux.

Doucement, pendant que Marilou chantait, Marlot a laissé ses doigts courir sur les cordes de sa guitare. Il a maintenant déposé son instrument sur ses genoux.

Voilà des années qu'il avait oublié la musique. En sortant sa guitare des boules à mites, Marilou lui a mis des notes à l'oreille.

Marlot a donc remplacé la corde brisée. Il a ensuite accordé son instrument. Et il reprend une chanson de Félix Leclerc, *Bozo*, en jouant de sa voix vibrante:

— Pauvre Bozo, pleurant sur son radeau.

Cette nuit-là, Marilou fait un rêve qui ressemble étrangement à l'histoire de Jean de La Fontaine. Elle est déguisée en cigale.

Perchée sur la branche d'un arbre, elle chante. Comme toutes les cigales, elle stridule parce qu'il fait beau.

Tout le monde est content de l'entendre: les oiseaux, les abeilles, les papillons. Même la fourmi. Bien sûr, elle travaille fort, la fourmi. Mais ce qu'elle transporte lui semblerait plus lourd sans la voix de la cigale.

Soudainement, les feuilles des arbres se mettent à virevolter. La neige tombe à gros flocons. Et il vente. La cigale grelotte.

Une cigale qui tremblote ne chante pas. L'hiver est son pire ennemi. Elle se rend chez cette foutue fourmi, qui est de fort mauvaise humeur. Elle ressemble à Ti-Tom Bérubé quand quelqu'un lui a marché sur les pieds.

— Qu'est-ce que tu faisais au temps chaud, espèce de cigale à la Marilou Polaire? questionne-t-il.

— Je chantais.

— Tu chantais? Eh bien! danse maintenant!

Frissonnante, Marilou danse et tourbillonne. Mais l'hiver est

coriace. Marilou a beau sauter sur place, ses pieds se transforment en deux blocs de glace. Elle ne porte pas de tuque, et ses oreilles gèlent.

Elle a perdu ses mitaines et ses doigts deviennent des glaçons.

Elle glisse, tombe par terre. Rien n'est plus dur, l'hiver, que de se retrouver sur le derrière. Marilou est congelée. Son nez coule. Elle veut crier, mais les mots se figent dans sa gorge.

Tout à coup, Marlot, son père, s'amène avec une grande couverture.

— Qu'est-ce que tu fais là, mon pou?

Marilou ouvre les yeux. Elle reconnaît à peine sa chambre.

— Je grelotte, mon Papou.

— Il fait pourtant chaud. Tu as dû faire un vilain cauchemar.

— L'hiver, c'est le cauchemar des cigales.

6
La répétition

Le lendemain matin, dans le sous-sol des soeurs Carboni, tout le monde est prêt.

Zaza a encore du jaune soleil plein les mains. Jojo a du blanc neige partout. Elle semble tout droit sortie de la pire tempête de l'hiver.

Ti-Tom Bérubé porte avec fierté son costume de fourmi rouge. Ceux qui l'imaginaient en noir se sont trompés, les fourmis rouges sont beaucoup plus voraces. Elles dévorent un poulet en moins de temps qu'il n'en faut pour crier: «Cocorico!»

Boris, toujours insatisfait de son rôle de narrateur, arbore une perruque de papier. Il a amené son iguane pour se consoler. Perchée sur son épaule, Charlotte grignote des bouts de frisettes.

De son côté, Marilou semble à son aise dans son costume de cigale. On la croirait prête à fredonner tout l'été. Elle a d'ailleurs décidé de chanter «Picot! Picot!».

La répétition pourrait commencer, mais Marilou n'arrive pas à trouver les notes de sa chanson. Sa voix semble sortir d'une vieille casserole.

— As-tu le rhume? s'inquiète Zaza.

Marilou secoue la tête. La nuit dernière, dans son rêve, elle a

grelotté comme une cigale congelée. Elle ne se sent pas grip-
pée pour autant.

— Voudrais-tu que ma mère
vienne à ton secours? demande
Jojo à son tour.

Marilou Polaire fait encore
non de la tête.

Puis, elle marche doucement.

La bande n'a pas l'habitude de la voir aussi sombre. Qu'est-ce que cette cigale-là peut bien mijoter?

Les autres la suivent en formant une drôle de petite caravane dans le sous-sol.

Finalement, Marilou s'arrête devant un mur sur lequel des affiches sont épinglées. On y reconnaît Carmina Carboni en spectacle avec les Carbonix.

En les montrant à ses amis, la petite fille éclate:

— C'est pas juste!

— Qu'est-ce qu'il y a? demande Ti-Tom, qui commence à avoir des fourmis dans les jambes.

— La Fontaine est injuste.

— Qu'est-ce que j'ai fait, encore? s'indigne Boris en agitant sa perruque de papier.

— Ce n'est pas acceptable que la cigale soit obligée de danser tout l'hiver.

— C'est normal, murmure Ti-Tom. Elle n'a pas travaillé pendant l'été. Si tu pratiquais des sports, comme moi, tu saurais qu'il faut s'entraîner beaucoup pour réussir.

Marilou serre les poings.

— De toute façon, le bonhomme La Fontaine a inventé une fourmi égoïste. Elle ne pense qu'aux provisions qu'elle a accumulées pendant la belle saison.

Ti-Tom est fâché.

— Je le savais bien aussi que j'avais un mauvais rôle.

—Tu es parfait, dit Marilou. Tu es une fourmi égoïste mais

vaillante. C'est Jean de La Fontaine qui...

— Voilà! s'écrie Boris. Le vrai mauvais rôle, c'est moi qui le joue.

La cigale piaffe d'impatience.

— Mais non! hurle-t-elle.

Déployant ses ailes d'un mouvement des bras, la cigale se tourne vers Jojo et Zaza.

— Quand Carmina chante, pensez-vous qu'elle travaille ou qu'elle s'amuse?

— Elle doit beaucoup répéter pour jouer comme il faut, dit Jojo.

— Elle fait des efforts ici pour avoir l'air de s'amuser sur scène, ajoute Zaza.

— Donc, conclut Marilou, chanter, c'est travailler. C'est injuste que la cigale danse dans la neige parce qu'elle n'a pas fait de provisions. Il ne faut pas qu'elle soit punie.

Pendant un moment, Ti-Tom Bérubé, Zaza et Jojo Carboni, Boris Pataud et même Charlotte restent bouche bée. Exactement comme quand Manon Lasource raconte une histoire.

On pourrait entendre une mouche voler.

C'est alors que, dans la tête de Marilou, un autre insecte lui donne une idée.

— Qu'est-ce qu'on fait alors? murmure la fourmi.

— On va changer la fin de la fable.

— Comment? demandent les

soeurs Carboni en choeur.

— En ajoutant un marin-
gouin.

— Un maringouin? s'étonne
Boris.

— Oui, réplique Marilou. Toi,
tu seras le maringouin.

— Et qui racontera l'histoire?

— On peut l'enregistrer et y
ajouter de la musique. C'est ton
idée, Boris. Comme ça, *La Cigale et la Fourmi* deviendra *La
Cigale, la Fourmi et le Maringouin.*

7
Une histoire
pour embellir la vie

En entendant les spectateurs prendre place dans la salle de l'école, Marilou et ses amis ont un trac fou.

Manon Lasource a assisté aux répétitions de cette nouvelle fable. Elle a jugé que la bande avait eu une idée extraordinaire. Tout le monde sera-t-il de cet avis?

Marilou glisse son nez dans une fente du rideau. Toute l'école est là, des plus petits jusqu'aux plus grands. Il y a aussi les professeurs, des parents et le directeur, Octave Poisson.

Marlot, assis tout près de Carmina Carboni, doit lui parler de musique... Ou de sa recette de sucre à la crème. Le Papou de Marilou a parfois de drôles de conversations.

Enfin, après les trois coups, le rideau s'ouvre, et le spectacle commence.

Les soeurs Carboni installent le décor de l'été. Elles font bondir un gros soleil et voler quelques oiseaux autour des arbres qu'elles ont bricolés.

La cigale se met à chanter sur un rythme sud-américain:

— Picot! Picot par-ci! Picot! Picot par-là!

La fourmi rouge, fidèle à son rôle, ramasse un plein sac d'ordures en suant beaucoup.

Soudainement, l'hiver arrive.

Jojo et Zaza secouent les arbres. Grâce à un ingénieux processus dont elles seules connaissent le secret, les feuilles tourbillonnent.

Aussitôt, la fourmi s'enferme dans sa maison.

Et que fait la fragile cigale? Quand la neige tombe, elle ne chante plus. Grelottante, Marilou se rend à la cabane de Ti-Tom, qui sourit de toutes ses dents.

— Bonjour, Fourmi. Vous n'auriez pas quelques grains à me prêter pour subsister jusqu'à la saison nouvelle?

— Je ne suis pas prêteuse, réplique Ti-Tom. Que faisiez-vous au temps chaud?

— Je chantais.

— Vous chantiez. Eh bien!

dansez maintenant!

Dans la neige, la pauvre Marilou-cigale danse en chantant sa mélodie d'été. Les notes s'entrechoquent comme des glaçons.

C'est alors que Boris Pataud arrive, déguisé en maringouin qui porte un costume de marin.

— Que faites-vous donc, madame la Cigale? dit-il en soulevant sa casquette.

— J'essaie de chanter... Picot! Picot! fredonne Marilou.

En roulant les épaules, le capitaine Boris déclare à haute voix:

— J'ai justement besoin d'une artiste sur mon bateau. Dans quelques minutes, on appareille vers les mers du Sud. Et vous chantez très bien.

Évidemment, la frileuse cigale ne se fait pas prier. Elle dit
«Youpi!» et accepte l'invitation
du maringouin, qui l'entraîne en
dansant sur son bateau.

Dans sa cabane, la fourmi gro-
gne. On entend alors la voix es-
piègle de Marilou Polaire, qui

conclut l'histoire:

— Et c'est ainsi que la vaillante Fourmi

A passé l'hiver avec ses co-
chonneries

Pendant que la Cigale dans
les pays chauds

Chantait Picot! Picot! Picot!

Table des matières

Achevé d'imprimer
sur les presses de Litho Acme inc.